1525: MÜNTZER versus LUTHER

Historienspiel
Adolf Hornberger

Bibliografische Information der Deutschen Nationalbibliothek:
Die Deutsche Nationalbibliothek verzeichnet diese Publikation in der Deutschen
Nationalbibliografie; detaillierte bibliografische Daten sind im Internet über
http://dnb.dnb.de abrufbar.

© 2017 Adolf Hornberger

Cover und Layout: Manuela Wirtz, www.manuwirtz.de
Coverfoto: Zwickau, Thomas Müntzer Fotolia: #114206065, Urheber ArTo

Herstellung und Verlag: BoD – Books on Demand,
Norderstedt

ISBN: 9783743194830

Für dieses Werk wird jeglicher gesetzlich vorgesehene Rechtsschutz in Anspruch genommen. Ohne Erlaubnis des Urhebers darf dieses Werk weder als Original noch als Reproduktion analog oder digital reproduziert werden. Jede Nachahmung, auch auszugsweise, ist unzulässig. Sämtliche Nutzungsrechte bleiben bis zur Nutzungsrechtsabgabe beim Urheber.

Ein Wort des Dankes

Koblenz im Januar 2017

Das Historienspiel ist meinen beiden lieben Söhnen Roman und Ruben sowie meiner lieben Partnerin Elisabeth Appel gewidmet, die mich während der Recherche und dem Zusammenstellen des historischen Stoffes tatkräftig unterstützt haben.
Mein Dank gilt auch Ingrid Ehlenbeck und Reiner Jost für das vortreffliche Lektorieren sowie die vielen Tipps und Gestaltungsvorschläge.
Adolf Hornberger, geboren 1958, Rechtsanwalt in Koblenz, Referent und Mitglied des Vorstandes im Verein für Geschichte und Kunst des Mittelrheins zu Koblenz e.V., beschäftigt sich seit vielen Jahren mit rechtshistorischen Sachverhalten und Prozessgeschichte.

Einführung:

Martin Luthers Thesenanschlag an der Schlosskirche zu Wittenberg jährt sich 2017 zum 500. Mal.

Diese Thesen – so heißt es vielerorts – weisen den Weg in die Moderne.
Er zieht gegen den Ablasshandel zu Felde. So weit so gut.
Doch sein Aufstand bleibt auf halbem Wege stecken.
Hat das etwas mit der anderen Seite Martin Luthers zu tun?

Der EKD-Ratsvorsitzende Bedford-Strohm spricht zur Tagung der 12. EKD-Synode in Magdeburg im Jahre 2016 von Humanität, Empathie und dem Schutz der Schwachen.
Das habe unser Land so weit gebracht.
Er betont, die humanitären Werte spielten in unserem Land eine zentrale Rolle und dürften nicht zur Disposition stehen.
Wie spiegeln sich diese Aussagen im historischen Kontext wider, insbesondere im Luther-Jahr?

Das Bild **Thomas Müntzers**, des Pfarrers von Allstedt, seines großen Gegners während des spektakulären Aufstandes von 1525, bestimmen lange Zeit die damaligen Machthaber.
Für sie ist er ein charakterloser Mensch, der irrige Lehren verbreitet, das Volk verführt und Aufruhr stiftet.
Deshalb lassen sie ihn hinrichten.
Die Nachwelt hat diesen unerschrockenen Denker und aufmüpfigen Prediger immer wieder in den Schatten Luthers gedrängt. Sein Werk wird mit Gewalt unterbrochen.

Aber ist er deshalb ein Gescheiterter, ein Verlierer?
Oder hat er einfach nur das getan, was damals notwendig war?

Thomas Müntzer und seine Mitstreiter lassen sich – anders als viele ihrer Zeitgenossen – nicht einreihen in den müden langen Treck der Beladenen und Belogenen.

Er steht als Vorkämpfer für die Ideale, die bis heute die wichtigsten Motoren für zivilisatorischen Fortschritt darstellen:

Kritische Rationalität, Freiheit, Gleichheit, soziale Gerechtigkeit, individuelle Selbstbestimmung und Säkularität!

Das Historienspiel beschreibt in dramaturgischer Form den Verlauf einer rechts- und religionsgeschichtlich beispiellosen Kontroverse:
Ist die Idee der Gerechtigkeit schon auf das Diesseits gerichtet (Thomas Müntzer) oder erst auf das Jenseits?
So sieht es Martin Luther („Die Gerechtigkeit ist nicht von dieser Welt. Wir sollen arm bleiben, um frei zu sein für den Reichtum des göttlichen Reichs.")

In diesem Stück prallen die Standpunkte konfrontativ aufeinander.
Wenngleich es um einen historischen Stoff geht, ist er von verblüffender Aktualität. Insbesondere wenn man sich die heutigen kriegerischen Konflikte anschaut, die sich – aus vordergründigen Motiven – auf die Religion berufen. In Wirklichkeit geht es um eigennützige Interessen, Geld und Macht.

Über dem Lutherjahr liegt der Schatten der Geschichte. Es sind die Schatten eines Gedenkens, das über fünf Jahrhunderte missbraucht wurde, zuletzt im 19. Jahrhundert für den Nationalismus, dann im 20. Jahrhundert für den Antisemitismus.

Wir sollten darauf verzichten, Luther erneut zu instrumentalisieren und zum Helden der Moderne zu stilisieren. Er ist als Namensgeber für Straßen und als Vorbild nicht geeignet. Intoleranz gegenüber Andersdenkenden, Geringschätzung der Frau und extremer Antijudaismus (vgl. seine Schrift „Wider die Juden und ihre Lügen") werden mit ihm verbunden.

Wir sollten außerdem kritisch sein, wenn der Eindruck erweckt wird, als habe Martin Luther Freiheit, Gewissen, Demokratie und Menschenrechte erfunden.
Fehden und Spuren führen durch jene 500 Jahre hindurch. Luthers Abgründe haben Folgen bis heute:

1. Luther und die Hexenverfolgung
   Von dem entsetzlichen Hexenwahn hat uns nicht die Reformation befreit, sondern die Aufklärung.
   Auffällig ist das unkritische Verhältnis Luthers zu den örtlichen Ausschüssen der Heiligen Römischen Inquisition.
   Auch Luther, der in seinen Schriften überall wider den Satan wettert, ist mit dem Verbrennen der angeblichen „Teufelshuren" einverstanden.
2. Der Gnadenbegriff von Augustinus bis Luther leugnet die menschliche Willensfreiheit.
   Es gebe – so heißt es – nur die alles allein bewirkende göttliche Gnade.

Das entspricht ideologisch passgenau dem Selbstverständnis der Feudalgesellschaft!
3. Der spektakuläre Aufstand der Ausgebeuteten von 1525, bekannt auch als „Bauernkrieg".
So jedenfalls wird der Aufstand über die Jahrhunderte diskreditiert, weil Bauern in der damaligen Gesellschaft am wenigsten galten.
Es ist nicht nur ein Aufstand der Bauern. Sie werden unterstützt von Handwerkern, Berggesellen aus dem Erzbergbau, städtischen Ackerbürgern, unteren städtischen und ländlichen Dienstgruppen, ja selbst von Adeligen.
Der Aufstand bringt die alten Machtstrukturen ins Wanken. Das Denken lernt, neue Wege zu beschreiten.

Schon die Zeitgenossen haben gerätselt, weshalb die Aufständischen selbst dort die Kampfhandlungen nicht eröffnen, wo sie numerisch überlegen oder strategisch optimal postiert sind.
Die Erklärung ist denkbar einfach:

Die Aufständischen wollen keinen Krieg. Es geht ihnen um Freiheit, Gleichheit, Menschlichkeit, Abschaffung der feudalen Tyrannei, der Adelsprivilegien, der Leibeigenschaft, der Frondienste.
Es ist der Versuch einer ersten deutschen Revolution.
Auf dem Marktplatz von Memmingen werden „Die Zwölf Artikel" proklamiert.

Ähnliche Forderungen werden später bei der Französischen Revolution und bei der Unabhängigkeitserklärung der Vereinigten Staaten von Amerika erhoben.
Aus diesen zwölf Artikeln entwickelt sich die „Bundesordnung", die hohe Auflagen erreichte, weil sie ein Modell für

eine föderative Gesellschaftsordnung bot.

Die Zusammenkunft aufgrund dieser Vereinbarung gilt als erste verfassungsgebende Versammlung auf deutschem Boden.
Deshalb weisen „Die Zwölf Artikel" weit über ihre Zeit hinaus.
Als die Mütter und Väter den Art. 1 des heutigen Grundgesetzes formuliert haben – „Die Würde des Menschen ist unantastbar" – war dies auch ein fernes Echo.
Ein früherer Bundespräsident sieht in den „Zwölf Artikeln" im Kern die Überzeugung von der Universalität der Menschenrechte.
Der Aufstand endet am 15. Mai 1525 in der Schlacht bei Frankenhausen:
Der lutherische Philipp von Hessen, der katholische Georg von Sachsen und der Herzog von Braunschweig stellen große Landsknechtsverbände.
Schlecht Bewaffnete werden von professionellen Soldaten bezwungen und niedergemetzelt.
Es ist weniger eine Schlacht als vielmehr ein Massaker, das bis in die Gegenwart hineinhallt!

Thomas Müntzer wird gefangen genommen und enthauptet.
Mit seinem Tod sind die Lehren und Visionen aus der Aufbruchphase der Reformation aber nicht abgegolten.
Historiker weisen deshalb Luther eine Mitverantwortung zu für das Aufkommen des frühabsolutistischen Staates mit seiner Untertanengesellschaft.

Das berüchtigte Zusammenwirken zwischen Thron und Altar, die Verbindung der europäischen Staatskirchen mit

antirevolutionären, teilweise reaktionären Kräften hat ein freiheitsfeindliches Staatskirchentum entstehen lassen.
Die Religion wird zu einer selbstverständlichen Untertanenpflicht.
Die Kirchen liefern die Ideologie zum Absolutismus, indem sie das obrigkeitsstaatliche System als von Gottes Gnade geschaffen mit theologischen Argumenten versorgen.
Der Monarch darf sich mit kirchlichem Segen als von „Gottes Gnaden" bezeichnen und das als Freibrief für alle Arten von Unsitte und Willkür betrachten.

Jedes Gedenken an Martin Luther trägt das Kainsmerkmal der Ambivalenz:
Luther war das, was er über die Menschen lehrte: simul iustus et peccator, Gerechter und Sünder zugleich.
Mit seiner Zwei-Reiche-Lehre (im Diesseits herrscht die von Gott eingesetzte Obrigkeit; erst im Jenseits folgt die ausgleichende Gerechtigkeit) legt er das geistige Fundament für eine jahrhundertelange Obrigkeitshörigkeit.

Ganz anders der Feuerkopf Thomas Müntzer: In seiner berühmten Fürstenpredigt hält er der Obrigkeit den Spiegel vor: „Alle Winkel sind voll eitler Heuchler. Die Fürsten und die großen Herren sind die Grundsuppe des Wuchers, der Dieberei und der Räuberei."

Das Historienspiel soll verdeutlichen, wie kostbar und verletzlich die Menschen- und Freiheitsrechte sind und wieviel Tränen und Blut nötig war, um sie zu erkämpfen.

Das Stück soll zum Nachdenken anregen; es fordert heraus, es wird vielleicht sogar Ihr Weltbild auf den Kopf stellen.

Es appelliert an Ihr Rechtsgefühl: Wer ist Rebell und wer Kriegsverbrecher?

Das heißt: Aufklärung – was sonst?

Eines jedenfalls ist gewiss: Nach diesem Historienspiel werden Sie nicht mehr genau so denken wie vorher ...!!!

„… den Unterdrückten ihre Würde zurückgeben, damit sie frei werden …"

(Thomas Müntzer)

1525: Müntzer versus Luther

1. Szene

Memmingen am Sonntag, den 19.3.1525 (Menschenmenge auf dem Marktplatz)

RUFE   Habt ihr das gesehen? Da vorne! Schaut doch einmal genau hin! Ist das nicht der Abt? Ich traue meinen Augen nicht. Dass der es wirklich wagt, hierher zu kommen!
In der Tat. Er geht auf uns zu. Bin gespannt, was er uns zu sagen hat.

ABT   Meine lieben Brüder, meine lieben Pfarrkinder, ich muss mit euch reden. Was seid ihr gar so aufsässig geworden in den letzten Wochen?

BAUERNHAUPTMANN   Schweig, Pfaff! Es hat sich ausgeliebt! Es muss sich vieles ändern und es wird sich vieles ändern.

ABT   Ei, ei, meine lieben Brüder, ihr wart doch sonst immer so sanftmütig.
Was holt ihr nun mein Vieh aus dem Stall, holt meine Karpfen aus dem Teich, fällt Bäume in meinem Klosterwald? Was ist los mit euch?
Ist wohl gleich ein ganzes Heer von Teufeln in euch gefahren?

ZWEITER BAUER   Die Teufel tragen lange schwarze Röcke, nicht Bauernkittel!

(Gelächter)

ABT   Ich kann euch nur mahnen: Besinnt euch!
Nescitis qua hora dominus veniet! Ihr wisst nicht, zu welcher Stunde der Herr kommt.
Seid ihr Freunde Gottes, so ist's gut!
Seid ihr's nicht, so fahrt ihr in die Höllenglut!!!

DRITTER BAUER   Hölle und Teufel! Seit ich denken kann, höre ich von der hohen Geistlichkeit nichts Anderes. Ich habe es allmählich satt mit sämtlichen Religionen: Alle geben vor, im alleinigen Besitz der Wahrheit zu sein. Alle verbieten sie den Gebrauch der Vernunft. Dabei stecken sie letztlich alle voller Widersprüche.

BAUERNHAUPTMANN   Die Geistlichkeit lebt nicht schlecht von der Denkfaulheit und der Denkunsauberkeit der großen Masse.

ABT   Oh ihr Hartnäckigen und Saumseligen!
Ich will beim Jüngsten Gericht diese Schuld nicht auf mich nehmen. Mancher von euch wird sich am Jüngsten Tag fragen: Quid sum miser tunc dicturus? Weh! Was werd' ich Armer sagen?
Zögert nicht, bis ihr selbst im Höllenfeuer brennt! Hört ihr nicht die Schreie aus dem Fegefeuer?
Alle Ungläubigen erwartet ein kochender See aus Eiter und Blut.
Wir alle werden gerichtet – jeder nach seinen Werken – und mögen wir auch tausend Jahre leben.

Jeder Ungerechte wird für den Gerichtstag zur Bestrafung aufbewahrt. Dann wird er vor Gottes Richterstuhl geworfen, und der Zorn Gottes wird ihn zerschmettern!

ZWEITER BAUER   So langsam durchschaue ich das verlogene Spiel mit der Religion: Unsereiner soll glauben, die Religion lehre die Wahrheit; der weise Mann sieht die Widersprüche und weiß, dass es so nicht stimmen kann. Für die Herrschenden ist die Religion in jedem Fall nützlich.

BAUERNHAUPTMANN   Ich habe in meinem Leben die Erfahrung gemacht: Die älteste Religion ist die Profitgier. Sie hat die schönsten Kirchen und die besten Pfaffen!!

(Gelächter)

DRITTER BAUER   Kannst du uns mal eine Frage beantworten?

ABT   Gerne, nur frei heraus damit!

DRITTER BAUER   Hat der Herr Jesus Christus ein großes Haus gehabt und Wald und Vieh und Fischteich? Ihr wollt Nachfolger Christi sein und klagt, dass man euch diese irdischen Dinge nimmt?

ABT   Lieber Bruder, das waren andere Zeiten dazumal.

BAUERNHAUPTMANN   Sollen wieder andere Zeiten werden! Soll wieder rein Christentum sein, Freiheit und Gleichheit aller Menschen.

Aber das gefällt euch Pfaffen nicht, weil ihr voll Habsucht, Machtgier und Eigennutz seid.
Sieht so die apostolische Armut aus?

ABT   Ich schenk' euch gern etwas vom Kirchengut, liebe Brüder. Aber wollt ihr ohne geistliche Führung dahinleben, viehisch und säuisch, und nach dem Tod in die Hölle fahren?

BAUERNHAUPTMANN   Die Hölle ist nicht so heiß, wie sie der Pfaff macht.

ABT   Der größte Erfolg des Teufels ist es, den Eindruck zu erwecken, dass es ihn nicht gibt. Wer die Gerechtigkeit verhöhnt, wird über loderndem Feuer an der Zunge aufgehängt.

ZWEITER BAUER   Wir wollen mit den Englein um ein großes Weinfass im Klosterkeller tanzen, wie du, lieber Bruder.

(Gelächter)

DRITTER BAUER   Bist selber ein dickes Weinfass, Abt. Wir brauchen keinen geistlichen Führer wie dich. Wir wählen uns selbst unsere Prediger, reine Männer der reinen Lehre.

RUFE Ein Säufer und Prasser ist er! Damit ist er gerühmt!

BAUERNHAUPTMANN   Erzähl doch mal was von den Pfäffinnen, den Konkubinen der Kleriker!

(Gelächter)

ZWEITER BAUER   Nur kein Neid! Keuschheit ist die unnatürlichste aller sexuellen Perversionen.
Aber abgesehen davon: Wir dürfen das nicht so verbissen sehen. Hast du uns nicht selbst gesagt: Tut Gutes denen, die euch lassen!?
(ironisch)
Oder sollten wir da etwas verwechseln, lieber Abt?

DRITTER BAUER   Du hast ganz Recht. Wie oft habe ich beim Sonntagsgottesdienst gehört: Durch die Sünde zu Gott!

ZWEITER BAUER   Genau! Dann weiß ich wenigstens, was ich beim nächsten Mal beichten soll.

BAUERNHAUPTMANN   Ich beichte sowieso immer dasselbe: Sex am Sonntag und während der Fastenzeit.

(Gelächter)

ABT   Ich kann euch nur eines sagen: Der Leibhaftige ist der gefährlichste Gegner.
(zeigt auf den Bauernhauptmann)
Dieser da, aus dem spricht der oberste aller Teufel, Luzifer! Der Teufel ist es, der mit aller Gewalt zur Weltherrschaft strebt.
Den Körper von dem da müsste man auf der Stelle nach dem signum diabolicum, dem Teufelszeichen, durchsuchen.
Solche ein Ketzer ist verflucht vom Haupt bis zum Fuße und bis in den tiefsten Abgrund der Hölle:

Seine Äcker werden wie Sodom! Schwefel verderbe sein Haus wie Gomorrha! Die Luft schicke Legionen Teufel über ihn.!Sein Leichnam werde von den Würmern mit Gestank verzehrt, sein Gedächtnis werde von der Erde getilgt! Verflucht seien alle seine Werke, verflucht sei er im Tode wie ein Hund!
Verflucht sei die Erde, wo er begraben wird, und er bleibe bei dem Teufel im höllischen Feuer!

BAUERNHAUPTMANN Fort mit dir, du bist ein Narr und ein Lump!

ZWEITER BAUER Geh' uns aus den Augen, du Judas!
(Sie treiben den Abt fort)

2. Szene

(wachsender Jubel)

ALLE   Thomas Müntzer! Thomas Müntzer aus Mühlhausen!

(Thomas Müntzer kommt mit Bewaffneten. Alle umringen ihn jubelnd.)

MÜNTZER   Seid gegrüßt, freie christliche Brüder!
Wir kommen vom Eichsfeld, haben Klöster und Fürsten gemahnt und bestraft und sie um ihr räuberisches Gut erleichtert.

RUFE Es lebe Thomas Müntzer! Es lebe die freie Bruderschaft der Bauern!

DRITTER BAUER   Wie geht's mit dem Doktor Luther?

ALLE   Thomas Müntzer soll leben!

ANDERE RUFE   Wir können auch den Luther hören. Es sollen beide zu Wort kommen.

MÜNTZER   Luther ist hier? Lasst ihn kommen und reden, Brüder! Wir wollen Angesicht zu Angesicht stehen und unsere Sache verfechten.

BAUERNHAUPTMANN   Ich hole den Luther.

RUFE Da kommt er schon!

LUTHER   Seid gegrüßt, Brüder!
(Zu Müntzer)
Begegne ich dir noch einmal, Thomas?

MÜNTZER   Martin Luther, evangelischer Prediger, Sohn eines Bergmanns, früher Feind aller Pfaffen und großen Herren, jetzt wohlgelitten an Fürstenhöfen, du hast übel an mir gehandelt.

LUTHER   Übel an dir gehandelt?

MÜNTZER   Wir Prediger des Evangeliums sollten Brüder sein.
Du aber jagst mich von Ort zu Ort.

LUTHER   Du verbreitest teuflischen Aufruhr. Ihr lasst Grafen durch die Spieße laufen, raubt das Vieh und brennt Klöster und Schlösser aus.

(Murren in der Menge)

MÜNTZER   Es gibt nichts Einschneidenderes als die unverblümte, schnörkellose Wahrheit. Schon bei meiner zweiten Predigt in Zwickau vor fünf Jahren kam es zu hitzigen Wortgefechten. Daran kannst du sehen: Der einfache Mann – Gott sei's gelobt – nimmt an allen Orten die Wahrheit an.

LUTHER   *(ironisch)*
Ich habe gehört von deiner Wahrheit.

MÜNTZER   Aus der Stadt Mühlhausen hast du mich vertreiben lassen. Mein Drucker wurde in den Turm geworfen durch dein Anstiften. Meine gedruckten Schriften, die reine Lehre vom irdischen Gottesreich, suchst du zu verbieten und zu vernichten.

LUTHER   Streit ist schnell angefangen; es steht aber nicht in unserer Macht, aufzuhören, wann wir wollen. In aufrührerischen Bauern erkenne ich Werkzeuge des Teufels.

MÜNTZER   Weshalb willst du uns Moral predigen? Damit die, die alles haben, alles behalten können?

RÄUBERHAUPTMANN   So ist das! Moral ist die Butter für die, denen das Brot fehlt.

MÜNTZER   Jede Moral produziert ihre eigene Heuchelei. Selbst die Gemeinschaft der Heiligen hat schon nichts getaugt.
Dann zerrissen sie ihre Kleider, diese Pharisäer.

BAUERNHAUPTMANN   Durch hundert Türen kenne ich sie durch, die Heuchler! Also tu bloß nicht so scheinheilig! Nur den Kopf schräg halten, das reicht nicht!

LUTHER   Was für ein dummes Gerede!

MÜNTZER   Dummes Gerede? Den Teufel verraten seine faulen Fratzen. Du sagst, ich wolle Aufruhr machen? Hast du keine andere Furcht aufzuzeigen als aufrührerisch zu sein?

LUTHER   Dass die Obrigkeit böse und unrecht ist, entschuldigt keine Rotterei und keinen Aufruhr.
„Wer das Schwert nimmt, soll durch das Schwert

umkommen!", heißt es im Evangelium.

MÜNTZER   Die Wittenberger sind sanftlebende, schmeichelnde Schelme. Sie machen sich zu Herren der Schrift und legen sie so aus, wie die Mächtigen es hören wollen, und wie sie es für ihr gutes Leben brauchen können.

LUTHER   Rotterei hat noch nie ein gutes Ende genommen.

MÜNTZER   Es genügt nicht, wie der Bruder Sanftleben, so zu tun, als wenn er hunderttausend Bibeln gefressen hätte. Letztlich findet einer immer für jede Argumentation auch eine verwertbare Bibelstelle.

LUTHER   Du kennst meine Schriften. Worauf beziehst du dich?

MÜNTZER   Wer versteht sich schon auf deine Falschheit? Willst du uns alle hier zurück unter die Fuchtel der Tyrannei jagen?
Erst hast du die Kleinen mit falschem Glauben verwirrt, und jetzt kannst du sie, da die Not herannaht, nicht wieder einfangen.
Darum heuchelst du mit den Fürsten. Du solltest die Kleinen nicht verachten.

LUTHER   Was meinst du damit?

MÜNTZER   In deiner Schrift „De servo arbitrio" (Vom unfreien Willen) wendest du dich gegen den Aufklärer Erasmus von Rotterdam. Du redest von der Unfreiheit des menschlichen Willens und der alles bewirkenden göttlichen Gnade.

LUTHER Werde mal deutlich! Was hast du konkret gegen mich vorzubringen?

MÜNTZER Das fragst du noch? Vor ein Ketzergericht nach Weimar hast du mich berufen lassen und ich habe mich gestellt. Aus der Stadt Allstedt musste ich in der Nacht fliehen vor der Verfolgung durch deine Helfershelfer!!

RUFE Luther soll sich verantworten für sein Tun!

MÜNTZER Ich stehe nicht hier, um Rache an dir zu nehmen, Martin Luther, sondern ich sage dir: Mach deinen Mund auf und sprich!

BAUERNHAUPTMANN Er soll sagen, wie er zu unserer Sache steht, den Unterdrückten ihre Würde zurückzugeben. Wie steht er zu Freiheit, Gleichheit, Menschlichkeit?

ALLE Das soll er sagen!

BAUERNHAUPTMANN Und ob unsere Artikel gerechte Forderungen sind. Und ob er sie vor den Fürsten vertreten wird.

LUTHER Liebe Brüder in Christi. Ich habe den Fürsten deutlich und kräftig gesagt, dass sie harte Bedrücker sind. Sie seien eine Zuchtrute Gottes. Das vom einfachen Mann erarbeitete Gut wird verschleudert mit teuren Kleidern, Fressen, Saufen, Protzbauten und dergleichen, als wäre es Spreu.

RUFE   Das ist wahr!

LUTHER   Doch ein echter Christ dankt Gott für seine Zuchtrute. Sie führt ihn auf den rechten Weg. Ich habe den Fürsten gesagt: Das Schwert ist euch am Halse, dennoch meint ihr, ihr sitzt so fest im Sattel, man werde euch nicht ausheben können. Ich denke, die Fürsten haben verstanden, was ich damit ausdrücken wollte.

BAUERNHAUPTMANN   Du sprichst doppelzüngig. Sag' klar heraus, ob unsere Artikel gerechte Forderungen sind! Hör' noch einmal, was wir wollen!

Als Erstes: Aufhebung der Leibeigenschaft.
Leibeigenschaft tut weh, auch und vor allem, wenn der Grundherr ein Kloster ist!
Wenn ich heiraten will, brauche ich die Genehmigung des Grundherrn, genauso wenn ich wegziehen will.

Der Wurm der Ungerechtigkeit ist der Schlimmste; er hört nie auf zu nagen, und nachts nagt er am lautesten.

Wir fordern die Abschaffung der Frondienste, der Adelsprivilegien und der Tyrannei.
Freies Jagd- und Fischrecht, Holzrecht, Rückgabe der Allmende an die Gemeinschaft, weil Gott Tiere und Pflanzen allen Menschen gemeinsam gegeben hat und nicht den Fürsten und Pfaffen allein.

Denn die Allmende, das sind die Gemeindeflächen, die allen zur Benutzung offenstehen sollen, diese haben sich die weltlichen Herrscher einfach so widerrechtlich angeeignet. So etwas nennt man gemeinhin Raub!

Wir fordern außerdem die freie Wahl der Pfarrer, Schultheißen und Richter. Die Rechtsbeugung durch die Gerichtsherren muss ein Ende haben.
Nun sag', ob das christliche Forderungen sind oder nicht!

LUTHER   Kein ehrlicher Mann kann bestreiten, dass eure Forderungen gerecht sind.

RUFE Das ist ein klares Wort!

LUTHER   Eines müsst ihr aber wissen: Würden die Bauern Herren, so würde der Teufel Abt!!

MÜNTZER   Ach! Jetzt fängst du wieder so an. Was hast du nur immer mit deinem Gehörnten? Zum Teufel mit dem Teufel!

Sag uns lieber: Was ist jetzt mit deinen fünfundneunzig Thesen? Du wolltest doch Schluss machen mit diesen katholischen Dogmen der Unwissenheit und der Passivität.

LUTHER   Nicht, dass ich die Obrigkeit in ihrem unerträglichen Unrecht rechtfertigen oder verteidigen wollte, aber eines muss euch klar sein: Die Aufhebung der Leibeigenschaft ist nichts anderes als Raub an den Herren!

MÜNTZER   Was? Das ist jetzt nicht dein Ernst!
Raub an den Herren? Wenn's nach dir geht, soll die Gerechtigkeit ans Ende der Welt verlegt werden, ins Jüngste Gericht, ins Jenseits!
Wo ist der Rebell der Jahre 1517 bis 1521?
Du hast dich mit den Fürsten verbunden; vor allem mit dem Kurfürsten von Sachsen. Du wirst zum Verräter deiner eigenen Lehre und des einfachen Mannes.

LUTHER   Das sagst du, Thomas Müntzer?
Bisher dachte ich wirklich, du seist ein Prediger des Evangeliums. Bis ich von deiner frechen Fürstenpredigt im Schloss zu Allstedt hörte.

MÜNTZER   Was hast du denn gehört?

LUTHER   Das will ich dir sagen: Hast du in dreister Rede unsere Obrigkeit als in großen Teilen gottlos und räuberisch bezeichnet? Sie seien nicht Hirten des armen Volkes, sondern reißende Wölfe!!?

MÜNTZER   Jawohl! Habe ich! Und ich hab' noch mehr gesagt:
Alle Winkel sind voll eitler Heuchler. Die Fürsten und großen Herren sind die Grundsuppe des Wuchers, der Dieberei und der Räuberei.

LUTHER   Das ist ja unerhört! Da seht ihr das freche Rasen dieses Aufwieglers!

MÜNTZER   Aber das ist noch nicht alles. Es geht noch weiter: Einer von den Fürsten fragte mich nach dem „Warum".

Ich antwortete, warum wohl? Weil die Fürsten im
Namen Christi sein Regiment verfälscht haben.

Von dir stammt die Schrift „Sich zu hüten vor Aufruhr
und Empörung".
Doch im selben Buch verschweigt Vater Leisetritt den
Ursprung aller Diebrei:
Die Fürsten habe alle Kreatur als ihr Eigentum genommen: die Fische im Wasser, die Vögel in der Luft, das
Gewächs auf Erden. Alles muss ihrer sein.
Darüber lassen sie dann auch Gottes Gebot ausgehen
unter die Armen und sprechen: „Gott hat geboten, du
sollst nicht stehlen."
Das hilft den Bedürftigen aber nicht.

Wir sehen nur, wie sie den armen Ackersmann, den einfachen Handwerksmann und alles, was da lebt, nötigen,
schinden und schaben.
Und wenn einer sich dann am Allergeringsten vergreift,
muss er hängen!
Das ist deren Regententum, das ist deren Christentum!!! Und dazu sagt der feine Doktor Lügner auch
noch: Amen!

Dabei machen die Herren das selber, dass ihnen der
arme Mann zum Feind wird. Wie soll einer diese Sache
sonst vorbringen, ohne aufrührerisch zu sein?
Wie soll das anders gehen, als dass der einfache Mann
herumwühlt – mit seinem selbstgeschnitzten Holzlöffel –
in diesem großen Kessel der Grundsuppe der Räuberei.

LUTHER   Was frage ich danach, ob das alles dir missfällt,
wenn's Gott gefällt?

MÜNTZER   Ja! So einfach ist das für dich! Schnell fertig bist du mit dem Wort! Du selbst machst ja keinen Aufruhr. Du bist jetzt auf einmal die artige Schlange, die über den Felsen schleicht!
Aber hast du uns nicht verleumdet bei dem Kurfürsten und dem Herzog? Wir seien verstrickt in die Netze des Teufels?!
Dabei kann jeder sehen, wie sich Großfürsten und hohe Geistlichkeit wie Aale und Schlangen auf einem Haufen vermischen –, so würde es Johannes der Täufer ausdrücken.

Und – was meine Fürstenpredigt anbelangt – so ist das immer noch nicht alles:

Den Hochwohlgeborenen hab' ich auch gesagt, der Allmächtige wird unter die alten Töpfe schmeißen mit einer eisernen Stange. Er wird ausrotten eure Bosheit, denn das Maß läuft über von eurem Unrecht!!!

LUTHER   *(kalt und abweisend)*
Ein Aufrührerischer ist es nicht wert, dass man ihm mit Vernunft antworte, denn er nimmt's nicht an.
Mit der Faust muss man solchen Mäulern antworten, dass der Schweiß zur Nase ausgehe!!!

MÜNTZER   Hätte nicht gedacht, dass ein Mann wie du so gehässig einherplatzt wie der grimmigste Tyrann!

LUTHER   *(wendet sich an alle)*
Ich frage mal die Anderen. Was ist mit euch? Habt ihr euch schon entschieden? Ihr wollt euch also alle widersetzen!?!

BAUERNHAUPTMANN   Du kannst dich auch nach allen Seiten verneigen, dein Hintern stößt doch überall an!

(Gelächter)

LUTHER   Gerechtigkeit darf man nicht erzwingen mit Schwert und Gewalt.

BAUERNHAUPTMANN   Du redest von Schwert und Gewalt? Soweit verstanden! Nur: Redest du auch von der Gewalt, die die Fürsten gegen uns gebrauchen? Ist ihre Gewalt, ihr Wüten und Morden Recht und unsere Auflehnung Unrecht?
Sollen die bis unter die Zähne bewaffneten Fürsten uns unbewaffnet finden?

LUTHER   Wir dürfen nicht in Ungehorsam verfallen und uns der von Gott verordneten und gebotenen herrscherlichen Gewalt unserer Obrigkeit mutwillig widersetzen.

MÜNTZER   Glaubst du etwa, die Gerechtigkeit kommt von selbst wie der Geist im Pfingstwind?
Sind diese Leute hier nicht Jahr und Tag der Gewalt der Herren ausgeliefert? Seit Jahrhunderten hat sich diese Wolke zusammengebraut, und nun klagst du den Blitz an?

LUTHER   Die Obrigkeit ist von Gott eingesetzt. Ihr müssen wir allzeit gehorchen, wie hart dies auch sei!

MÜNTZER *(fasst sich entsetzt an den Kopf)*
Die Obrigkeit? Von Gott eingesetzt? Wie kommst du denn darauf?

LUTHER Wer seinen Obersten widersteht, widersteht Gott selbst. Es gibt keine Obrigkeit, die nicht von Gott wäre.
Wer sich also gegen die Obrigkeit auflehnt, der widersetzt sich der Ordnung Gottes.

Und wer sich widersetzt, zieht sich selbst die Verurteilung zu. So steht es im Römerbrief des Apostels Paulus.

MÜNTZER Wie lange schon werden wir genarrt durch die Betrügereien deiner geheiligten Obrigkeit. Die Kirchengeschichte ist von dramatischer Klarheit. Diese falschen Geistlichen, die dich mit den süßesten Worten zu den schändlichsten Ansichten gegen alle aufrichtige Wahrheit verleitet haben.

LUTHER Mich verleitet?

MÜNTZER Im Wald sind zehn Räuber. Im Rudel sind zehn Wölfe. Wer wird Führer des Rudels? Wer wird Räuberhauptmann?
Du wirst sagen, der Bessere setzt sich durch. Aber was heißt das? Wer ist gut, wer ist besser?
Der Klügste? Der Stärkste? Nein! Keineswegs!
Der Gemeinste, Tückischste, Rücksichtsloseste wird Hauptmann; vielleicht ist er auch der Klügste. Irgendwann ist er nicht nur Fürst der Räuberbande im Wald, sondern er dehnt sein Reich auf die angrenzenden Felder aus.

Eines Tages wird er König. Weil niemand wissen darf, dass er durch Tücke und Gewalt so hoch gestiegen ist, sagt er den anderen, Gott habe ihn erhoben.
Die Räuber richten alles so ein, dass es so bleibt, wie sie es gern hätten.

Bürger sind Wölfe. Wer oben ist, kann dies nur sein, weil er die unter sich beherrscht.

Die Räuber an der Spitze saugen denen unter ihnen das Blut aus. Auch die zweitunterste Stufe der Pyramide besteht aus Blutsaugern. Jeder saugt die unter ihm aus und wird von denen oberhalb ausgesaugt. Und die unterste Schicht, die alles trägt und ernährt, ist der Bauer!

BAUERNHAUPTMANN   Hinzu kommt noch folgendes: Welche Rechte habe ich denn überhaupt? Wenn ich heiraten will, brauche ich die Erlaubnis des Grundherrn. Genauso, wenn ich an einen anderen Ort gehen will. Wenn ich sterbe, zieht der Amtmann das Vieh, die Kleider und das Bett ein!
Und wenn ich mich beschweren will, muss ich das vor einem Gericht tun, in dem eben jene Herren sitzen, um die es geht.

ZWEITER BAUER   Kaum einer von uns kann lesen und schreiben! Ist das eigenes Verschulden? Nein! Das soll sich keiner einreden. Es ist über Jahrhunderte absichtlich bewirkte Ohnmacht.
Statt das Wort der Herren und Priester gleichsam als Wort Gottes hinzunehmen, könnten wir ja andere Worte suchen und lesen, am Ende eigene Worte finden.

DRITTER BAUER   Und wir könnten am Ende gar ganz aufhören wollen, Knecht zu sein!!!

MÜNTZER   Wir müssen wissen und nicht in den Wind glauben.
Jeder Einzelne muss selbst wissen!
Dann lässt er sich nicht länger etwas vormachen.
Faulheit und Feigheit sind die Ursachen, andere für sich denken zu lassen und zeitlebens unmündig zu bleiben. Dann fällt es anderen um so leichter, sich zum Vormund aufzuwerfen.

LUTHER   Der Knecht hat nicht nur die Pflicht, seinem Herrn gehorsam zu sein, sondern die Feinde des Herrn sollen auch seine Feinde sein.

MÜNTZER   Soll der Untertan denjenigen verteidigen, der ihn zum Leibeigenen ohne eigene Rechte und zum Objekt fiesester Ausbeutung macht, nur damit der Tyrann seine angemaßten Privilegien weiter ausleben kann?

LUTHER   Wer bei einem Aufstand gegen die Obrigkeit ergriffen wird, der wird als treuloser Gotteslästerer und Christusfeind getötet. Wo der hinfahren wird, das kann euch selbst jedes Kind sagen.
Lauter Teufel regieren da.
Darum, liebe Bauern, lasst ab! Hört und lasst euch sagen:
Es ist eine kurze Zeit, dann kommt der gerechte Richter!

MÜNTZER   Wie lange schläfst du? Du weißt genau, was uns von der Obrigkeit entgegenschallt. Es ist der immer wiederkehrende Vierklang aus Dummheit, Faulheit, Falschheit und Tyrannei.

LUTHER   Jetzt beantwortet mir mal eine Frage! Wie weit sind wir gekommen?
Das Volk kennt nicht mehr Ruhe, Ordnung und Gehorsam. Es will nicht mehr hören die Gebote Christi. Der süße Wein des Evangeliums schmeckt ihm nicht. Denn vom Gifttrunk des Aufruhrs ist es voll und toll.
Und deshalb habe ich diesen Brief geschrieben an die Fürsten und Edlen:
(Er reißt ein Manuskript aus seinem Wams und hält es erregt in die Höhe.)
„Wider die mörderischen und räuberischen Rotten der Bauern."

MÜNTZER   Was willst du mit dieser Schrift bewirken?

LUTHER   Ich zeige darin, wie die Bauern eitel Teufelswerk treiben. Sie begehen drei Todsünden:

1. Verweigern der Obrigkeit den Gehorsam.
2. Begehen Raub und Mord.
3. Decken ihre Sünden mit dem Namen des Christentums.

Deshalb sind sie die größten Gotteslästerer und Schänder seines heiligen Namens und verdienen nicht nur einmal, nein zehnmal den Tod!
Sie fordern Gemeinschaft der Güter, diese Unsinnigen. Aber das Christentum macht die Seelen frei, nicht die Güter gemein.

Darum fordere ich alle Gläubigen und insbesondere die Fürsten und Edlen, die Bauern totzuschlagen wie tollwütige Hunde!!

Steche, schlage, würge, jeder, wer da kann! Lasset die Kugel unter sie sausen! Mit Blutvergießen könnten die Gläubigen jetzt den Himmel verdienen, besser als mit Beten!

MÜNTZER   Totschlagen lassen willst du also die Bauern, wie tollwütige Hunde. Hab ich richtig gehört? Und gleichzeitig sprichst du von Ruhe, Ordnung und Gehorsam?

Aber warte! Langsam geht mir ein Licht auf:
Ja, deine Ruhe soll man dir nicht stören in Wittenberg, wo du dich weich gebettet hast bei den Fürsten.

RUFE   So ist es! Ein Fürstenknecht ist er!

MÜNTZER   Und noch eines zu deiner „Ordnung":
Deine heilige Ordnung – du Ordnung liebender Martin Luther –, deine Ordnung ist schändlichste Unordnung!!!
Eine solche Obrigkeit, wie wir sie hier haben, die du auch noch vergötterst, die ist nicht eingesetzt von Gott, sondern direkt von dem, den du immerzu Teufel nennst!

RUFE   Ein wahres Wort!

MÜNTZER   Du kennst das Kirchenlied „Wach auf, wach auf, du deutsches Land. Du hast genug geschlafen."
Jeder Mensch hat seine aktive Rolle im Diesseits. Die

hat er persönlich auszufüllen.
Viele kriegen ihn nicht aus dem Kopf, diesen lange überholten Gnadenbegriff des Kirchenlehrers Augustinus:

„Wartet auf das Ende der Welt. Beim Jüngsten Gericht, da kommt Christus mit der Kornschwinge in der Hand und säubert das Feld."
Nein! Dieser Begriff hat ausgedient. Das könnte manchen Herrschaften auf dieser Erde so passen. Das ist endgültig vorbei!

LUTHER   Sola scriptura! Allein aus der Schrift ergibt sich alles!

MÜNTZER   Versuche nicht, uns mit deiner Schriftgelehrten-Logik zu bescheißen, mit Täuscherei des Wortes Gottes!!

Wir bauen nicht mehr auf die kirchliche Rechtfertigung von oben, wonach die Guten belohnt und die Bösen bestraft werden.
Das Gesetz darf niemals in den Händen der Bösen zur Unterdrückung der einfachen Leute dienen. Nur der gottlose Tyrann sagt:
„Ich muss dich martern, Christus hat auch gelitten."

Es bleibt nur eines: Wir müssen mit der aufgeschlossenen Vernunft an die Bibel herangehen. Ein Mensch, dem die Natur Augen, Ohren und Nase gegeben hat, hat fremde Sinne nicht nötig, solange seine eigenen noch in brauchbarem Zustand sind.
Denn eines ist auch klar:

Vernunft müsst ihr euch erwerben, Dummheit ist eine natürliche Begabung!

LUTHER   Was schaust du mich dabei so an?

(Gelächter)

MÜNTZER   Wer sich getroffen fühlt, ist gemeint.

LUTHER   Komm bitte zum Punkt zurück!

MÜNTZER   Sehr gerne! Gott offenbart sich in der Tiefe der Seele jedes einzelnen Menschen, der dadurch im Kampf mit seinem alten Menschen in sich ein anderer, erneuerter Mensch wird.
Jeder Mensch ist von Natur aus frei und gleich geboren und bleibt es.

LUTHER   Wo steht denn das geschrieben?

MÜNTZER   Es ist eines der Gesetze, die um so wirksamer sind, als sie nirgends geschrieben stehen. Das Recht liegt in der Natur begründet. Natura non facit saltus! Die Natur macht keine Sprünge!
Der Mensch wird wie all die anderen Körper von unwandelbaren Gesetzen regiert. Vor allen anderen Gesetzen kommen die Naturgesetze.

LUTHER   Was soll das sein?

MÜNTZER   Sie gelten schon, so lange die Erde sich dreht, und erst mit ihr werden sie vergehen.

Wir alle, Bürger, Bauern, Knechte und auch die da oben, sind teilhaftig derselben Freiheit.
Gleichheit verlangt, dass keiner sich über den anderen erhebt, alle stehen und leben auf gleicher Erde.

Freiheit ist nur möglich, wenn die Kreaturenfurcht, die Abhängigkeit der Untertanen von den Obrigkeiten, überwunden wird.

LUTHER   Aufständischen Bauern wünsche ich die Pest, Tod und Teufel an den Hals!

BAUERNHAUPTMANN   Sag' an, du elender, dürftiger Madensack! Was lügst du dir in deinen eigenen Hals spießtief hinein?
Hast du diesen Fuchsbraten nicht gerochen, den man am Herrenhof den unerfahrenen Wildschützen als Hasen vorsetzt?
Der allerehrgeizigste Schriftgelehrte Doktor Lügner ist vom tobenden Neid und allerbitterster Hass verblendet, und du willst der Welt Blindenführer sein?

RUFE Jagt ihn fort, den wütigen Pfaffen.
Thomas Müntzer soll reden.

3. Szene

(Thomas Müntzer stellt sich auf ein kleines Podest)

MÜNTZER   Freie christliche Brüder, Bauern, Handwerksgesellen und Bergknappen.
Ihr habt das schon richtig erkannt.
Mit feiger Fürstendienerei ist auf dieser Welt nichts zu erreichen.
Und dabei geht es nicht um mich, Thomas Müntzer, einst Pfarrer zu Allstedt.
Es geht auch nicht um Raub und Plünderung, wie unsere Feinde und Verleumder sagen.
Es geht darum, dass sich etliche große Hansen, Fürsten und Pfaffen mit ihrem hoffärtigen und selbstsüchtigen Gemüt die Erde zu eigen gemacht haben; und zwar mit allem, was sie an Schätzen birgt:
Mit Gold, mit Edelsteinen, mit dem Wild und dem Wald und den Vögeln, und zuletzt mit den Menschen selbst, den Brüdern, die von Gott frei geschaffen sind.

Wenige mächtige Herren haben den Mitmenschen zum Knecht gemacht und wollen gebieten über unsere Geschwister.
Freie Kinder Gottes halten sie als Eigentum und schwingen die Peitsche über ihnen.
Und wenn die Geknechteten wider den Stachel löcken, brechen die Herren mit blutiger Gewalt hervor und lassen die Kugeln und Spieße unter sie sausen.

(zu Luther gewandt)

Ich weiß: Dich lässt sie kalt, die große Not unserer Mitmenschen.
Abertausende werden grausam unterdrückt, schlimmer als das Vieh. Denn man lässt ihnen nicht einmal die Nahrung, die sie brauchen.
Wie der Zugstier trotten sie unter dem Joch vor sich hin. Ihr Schweiß düngt die Erde für die gnädigen Herren Hochwohlgeborenen.
Sie ackern und säen, und andere ernten.
Ihre Kinder werden wieder als Unfreie in die Knechtschaft geboren. Sie kommen als Leibeigene zur Welt.
Solches Unrecht stinkt zum Himmel!
Es verstößt gegen jedes göttliche und menschliche Recht.

LUTHER   Du schmierst den Leuten Honig ums Maul und hetzt sie auf zu wilder Begehrlichkeit.

MÜNTZER   Die nötige Nahrung zu fordern zum Überleben – heißt das Aufhetzen zu Begehrlichkeit?
Ein menschenwürdiges Leben erstreben – heißt das Aufhetzen zu Begehrlichkeit?

BAUERNHAUPTMANN   Thomas Müntzer sagt die Wahrheit!

MÜNTZER   Dein Gottesreich, du falscher Prediger, soll erst fein oben im Himmel schweben. Auf der Erde aber sollen Gewalt und Unrecht herrschen.

LUTHER   Die Erde ist ein Jammertal und wird es bleiben!

MÜNTZER   Wir wollen das Gottesreich errichten in dieser Welt, nicht in zweierlei Welten, getrennt nebeneinander; ein herrliches, gewaltiges Reich im Lichte von Freiheit, Gleichheit, Menschlichkeit und Liebe.

LUTHER   Eitle, irdische Wolllust, darum geht es euch. Um nichts anderes!

MÜNTZER   Ja! Wolllust! Eine der sieben Todsünden! So verteufelst du unser Anliegen!
Und noch etwas:
Du redest immer vom Dualismus zwischen Diesseits und Jenseits. Hier das menschliche Irdische und dort die himmlische göttliche Gerechtigkeit?

LUTHER   Es gibt noch eine andere Welt, ich weiß es.

MÜNTZER   Das sagst du so einfach dahin? Erkläre uns mal:
Was weißt du denn wirklich?
Für einen, der wirklich etwas davon weiß, müsstest du überzeugter aussehen!
Ich weiß jedenfalls eines:
Wir kennen bis jetzt nur diese eine Welt: die, in der wir leben, arbeiten und kämpfen. Und in dieser Welt muss eine allen Menschen dienende Gerechtigkeit werden!
Es sind die Worte Jesus Christus: Der Mensch sei frei und erlöst.
Und wenn sich die großen Hansen und Fürsten dazu nicht bekennen, dann muss man sie von ihren Stühlen stürzen!

(Mit der Fingerspitze malt er eine Art Pyramide auf die Tischplatte.)

Seht diese Pyramide!
Sie alle hier oben tragen nichts zum Leben bei, nichts, was man anfassen, berühren kann.

All das, was wir wirklich zum Leben brauchen, Brot und Obst und Schuhe und Wagen und Schiffe, wird von denen geliefert, die unter ihnen in der Pyramide stehen.
Ganz unten sind die Wichtigsten, ohne deren Arbeit wir alle hungern müssten.
Die Bauern und einfachen Handwerker, Bergknappen, städtische und ländliche Dienstgruppen. Die Macht aber ist weiter oben, und sie ist mit dem Reichtum vermählt.
Jene, die uns alle ernähren, haben keine Macht und keinen Reichtum; jene, die all das, was andere herstellen, lediglich ordnen und verteilen, haben alle Macht und allen Reichtum.
Je weiter oben in der Pyramide sie sind, desto mehr von allem haben sie.
Jetzt sag selber! Ist das gerecht?

LUTHER   Die Gerechtigkeit ist nicht von dieser Welt. Wir sollen arm bleiben, um frei zu sein für den Reichtum des göttlichen Reichs.

BAUERNHAUPTMANN   Hilf dir selbst, so hilft dir Gott. Das ist meine Devise. Wenn ich die Himmlichen nicht bewegen kann, dann versetze ich die Unterwelt in Aufruhr.

MÜNTZER   Wir lassen uns nicht vertrösten aufs Jenseits. Keiner von uns weiß, was nach dem Tode kommt. Vielleicht ist es der Beginn der Unsterblichkeit. Doch erst einmal sind wir hier.

LUTHER   Was willst du mit deiner Pyramide?

MÜNTZER   Das will ich dir sagen: Ist diese Pyramide etwa Gottes Werk? Oder ist sie Menschenwerk? Die Fürsten Europas sagen, sie seien von Gott eingesetzt.
Diesen stolzen Federhansen, diesen hohen Pochern, wird es ergehen wie dem gierigen Hund in der Fabel des Phaedrus, der ein Stück Wurst durch den Fluss trägt und im Wasserspiegel sein Abbild sieht. Er schnappt zu, aber die Speise, die er haben will, kann er nicht kriegen, und die, die er hat, verliert er auch noch.

LUTHER   *(deutet mit dem Finger auf Müntzer)*
Dieser da ist ein Werkzeug des Satans!

MÜNTZER   Wenn ich der Teufel bin, bist du dann des Teufels Erzkanzler?

(Gelächter)

Aber nein! Du dünkst dich ja als der Allerklügste auf Erden, doch deine ganze Theorie ist eine selbstgefällige Konstruktion.
Du übertriffst mit deiner lügenhaften Auslegung noch die Irrtümer der römischen Kirche!!! Und das will schon was heißen!

LUTHER   Ich weiß, dass der Teufel mich tot sehen will.

MÜNTZER   Das sage ich dir, dem stolzen, aufgeblasenen, tückischen Drachen: Hörst du es, Kaiphas-Doktor Lügner? Ich habe den Teufel nicht! Ich suche durch mein Amt den Betrübten Trost zu spenden.

LUTHER   Leiden, Leiden, Kreuz, Kreuz – das ist der Christen Recht! Dies und kein anderes!

Drum sollen die Fürsten zuschmeißen, würgen, stechen, heimlich oder öffentlich, wer da kann, und bedenken, dass nichts Giftigeres, Schändlicheres, Teuflischeres sein kann als ein aufrührerischer Mensch; gleichsam als wenn man einen tollwütigen Hund totschlagen muss!!

BAUERNHAUPTMANN   Du fetter, feister Pfaff! Du sitzt auf deinen evangelischen Pfründen so wie die katholischen auf ihren!
Und hast doch die katholischen Pfaffen bekämpft.
Und hast den Papst bekämpft um seiner Anmaßung willen. Nun bist du selbst ein gewaltsamer, hartköpfiger Papst, der allein Recht sprechen will in der Welt.

MÜNTZER   Uns Prediger des reinen Evangeliums verfolgst du grausam mit weltlicher Macht, weil du dich auf die Seite der Fürsten geschlagen hast.
Wird's nicht langsam Zeit, das Ochsenjoch endlich abzuwerfen?

(wendet sich an alle)

Sagt an! Wie lange sollen wir den Karren noch ziehen, auf dem die Fürsten ihre Affenkomödien spielen? Macht die Augen auf und zählt das Häuflein eurer

Presser, die nur stark sind durch das Blut, das sie euch aussaugen!

BAUERNHAUPTMANN   Wir schinden uns ohne Unterlass. Und die Herrschaften von der verzehrenden Klasse verschlemmen und verprassen, was wir um einen Bettellohn verkaufen müssen.

Sie lassen sich im Sonnenwagen der Macht schaukeln, verlustieren sich im langweiligen Müßiggang der Höfe; aufgeblasen und arbeitsscheu wie ein Chausseegrabentapezierer. Dabei werden sie fett, faul, aufgedunsen und spielen mit den Mücklein in der Sonne.

MÜNTZER   Unser Zorn ist weder heilig noch heillos, weder blind noch kalt, weder blass noch tränenreich. Er ist scharfsichtig und real, heiß und bunt, heftig und zielgerichtet gegen die Arroganz der Mächtigen.

Was sich der Abstammung wegen Hochwohlgeboren oder Durchlaucht nennt, ist keine Puffbohne mehr wert als wir übrigen Menschenkinder.
Alle, die wir auf Gottes Erdboden wandeln, der König wie der Bettler, wurden auf dieselbe Art empfangen und durch einerlei Kanal auf die Weltbühne befördert.

Seht sie euch ruhig genauer an, diese Windbeutel von der ersten Klasse, wie sie in ihrer Schlaraffenwelt herumschwänzeln!
Sie leben in einem besonderen Universum, das nicht von Gott geschaffen wurde, sondern von ihnen selbst – über Jahrhunderte.

Auf ihren Gütern gebärden sich diese Zitronenschleifer mit Schlemmen, Prassen, Hochzeiten, Fressen, Saufen und Wiedervonsichspeien – schlimmer als der liederlichste Hauser!

Statt groben Zwillichs, wie es diesen derben Flegeln gebührt, tragen sie Tuch aus Brüssel und London.

Ihre Weiber behängen sie mit Seide und Samt, Marder, Hermelin und Goldstoff.
Manch einer hat einen Meierhofwert in einer Kette um den Hals hängen.

ZWEITER BAUER   Lass' mich mal!
Was denkst du dir eigentlich?
Sollen wir etwa weiter im Schuldturm stecken und zusammenschnurren, bis man zum Jüngsten Tag posaunt?

DRITTER BAUER   Dunkle, kalte Erde. Sollen wir ewig auf dir kriechen wie träges Gewürm?

BAUERNHAUPTMANN   Wem's Blut jetzt nicht kocht, Herrgott im Himmel, der lege sich in die Federn und nehme sich die Bettflasche dazu!

MÜNTZER   Eines will ich euch zuletzt noch sagen: Ihr dürft nicht zweifeln! Sie werden kommen und verlangen, dass ihr mich ausliefert.
Wir kennen den Verrat. Sie üben's allerorten gleich: erst das Haupt, dann die Glieder.
Haben sie mich erschlagen, werden sie Hunderte, werden sie Tausende von euch köpfen, spießen, rädern.

Mit meinem Leben kauft ihr euch nicht frei.

Gott wird alle eure Widersacher, die euch zu verfolgen wagen, in Trümmer schlagen.
Denn seine Hand ist noch nicht verkürzt, wie Jesaja 59 sagt.
Christus hat – Lukas 19 – mit großem Ernst befohlen: „Nehmet meine Feinde und würget sie mir vor meinen Augen!"

Einmal muss doch etwas kommen, was dem Übel ein Ende macht.

Und deshalb sage ich: Aufstehen ist das Gebot der Stunde. Aufstehen wider alle, die uns drücken: Pfaffen, Fürsten und Pfeffersäcke!
Schmeichelt nicht länger den verkehrten Phantasten und Bösewichtern. Werft ihnen den Turm zu Boden!

Seid nicht verzagt und nachlässig! Solange sie über euch regieren, werdet ihr die Furcht nicht loswerden. Nehmt ihnen das Regiment aus der Hand!

Wir haben ein großes Werk begonnen.

Und selbst wenn wir es wirklich dieses Mal nicht schaffen sollten:

Unsere Sache wird nicht sterben! In der ganzen Welt wird er aufgehen, der Samen unseres Geistes und der Freiheit!

Der Aufstand endet am 15.05.1525 in der Schlacht bei Frankenhausen. Schlecht bewaffnete Aufständische werden von professionellen Soldaten bezwungen und niedergemetzelt. Es ist weniger eine Schlacht als ein Massaker.
Thomas Müntzer fällt in die Hände der Fürsten.
Am 27.05.1525 wird er hingerichtet, sein Kopf vor den Toren von Mühlhausen aufgespießt.

So endet der Versuch einer ersten deutschen Revolution zur Abschaffung der feudalen Tyrannei.
Ähnliche Forderungen werden später bei der Französischen Revolution und bei der amerikanischen Unabhängigkeitserklärung erhoben ...

Anmerkungen zum historischen Hintergrund

Während des spektakulären Aufstandes von 1525 werden „Die Zwölf Artikel" auf dem Memminger Marktplatz proklamiert. Sie gelten als erstes Dokument, das sich mit den Menschen und Freiheitsrechten befasst – lange vor der Französischen Revolution und der amerikanischen Unabhängigkeitserklärung.
Das Historienspiel rückt auf der Basis historischer Fakten eine öffentliche Disputation zwischen Thomas Müntzer und Martin Luther in den Mittelpunkt, wie sie sich – angesichts der damaligen Zeitumstände – so oder in ähnlicher Form abgespielt haben könnte.

Die Szenerie des Stücks verarbeitet biographische Erkenntnisse in dramaturgischer Form.

Weiterführende Literatur (u. a.):
Blickle, Peter: Der Bauernkrieg
Brakelmann, Günter: Müntzer und Luther
Bräuer/Vogler: Thomas Müntzer. Neu Ordnung schaffen in der Welt!
Goerz, Hans-Jürgen: Thomas Müntzer – Revolutionär am Ende der Zeiten
Hauptmann, Franz: Bauernkrieg
Lask, Berta: Thomas Münzer
Vogler, Günter: Thomas Müntzer und die Gesellschaft seiner Zeit